INSTITUT IMPÉRIAL DE FRANCE.

ACADÉMIE FRANÇAISE.

LA GUERRE D'ORIENT

PIÈCE QUI A REMPORTÉ

LE PRIX DE POÉSIE

DÉCERNÉ PAR L'ACADÉMIE FRANÇAISE

Dans sa séance publique annuelle du 19 août 1858.

PAR JULIEN DALLIÈRE.

PARIS,

TYPOGRAPHIE DE FIRMIN DIDOT FRÈRES, FILS ET CIE,

IMPRIMEURS DE L'INSTITUT IMPÉRIAL, RUE JACOB, 56.

1858.

INSTITUT IMPÉRIAL DE FRANCE

LA GUERRE D'ORIENT

PIÈCE QUI A REMPORTÉ

LE PRIX DE POÉSIE

DÉCERNÉ PAR L'ACADÉMIE FRANÇAISE.

Dans sa séance publique annuelle du 19 août 1858.

PAR JULIEN DALLIÈRE.

Aperire terram gentibus.

I

Mystérieux climats, région de l'aurore,
Terre où s'est élevé l'arbre qui nous sauva,
Terre au sein déchiré, toute fumante encore
De la foudre de Jéhova,

Reine de l'Orient, oracle des vieux âges,
Écho des voix d'en haut, parle et me dis pourquoi
Les peuples tour à tour sur les traces des mages
Poursuivent leur route vers toi...

Pourquoi, sainte cité, gardienne séculaire
Du sépulcre où ton Dieu fut scellé de ta main,
Ton nom, comme le cri qui partit du Calvaire,
Plane encor sur le genre humain;

Pourquoi l'homme, jouet du vent et de l'orage,
Des horizons lointains où le sort l'a jeté
Remonte incessamment de rivage en rivage
Vers le berceau qui l'a porté...

Comme si, d'âge en âge, il avait à résoudre
Sur ces bords dévastés par le fer et le feu,
Un problème inconnu qu'eût tracé dans la poudre
Le doigt symbolique d'un Dieu...

Comme si cette terre en prodiges féconde,
Terre où tout commença, terre où tout doit finir,
Gardait, pour l'envoyer aux quatre points du monde,
Le dernier mot de l'avenir!

II

La montagne abaissait sa barrière éternelle;
Les peuples se donnaient une main fraternelle;
L'univers s'enlaçait dans un réseau de fer;
L'homme sous l'Océan étendait son domaine
Et le fil conducteur de la pensée humaine
Racontait ce prodige aux gouffres de la mer.
Toutes les nations, comme un essaim d'abeilles,
Actives, confondant leur rayon immortel,

Apportaient leur labeur et leur part de merveilles
Dans cet essor universel!

Une rumeur confuse alors se fit entendre,
Et l'on vit lentement se former et s'étendre
Un nuage chargé de foudres et d'éclairs;
D'abord rasant le sol, puis, menaçant et sombre,
Comme un voile sinistre il projeta son ombre
Sur la sérénité des airs...

Et l'orage venait de ces terres polaires
Où tous les éléments déchaînent leurs colères,
Dont l'agile traîneau traverse les déserts,
Où l'horrible Winga (1), soufflant avec furie,
Se mêle au long fracas des glaces que charrie
Le flot de la Néva, las du joug des hivers...

III

Dans le palais des czars, pendant que tout sommeille,
Que veut-il, inquiet, sous la lampe qui veille,
Cet homme au large front, à l'œil fascinateur?
Son regard est profond, sa face noble et fière,
Son port majestueux, son attitude altière
Et son geste — dominateur!

Ce colosse est le czar, couvant en sa poitrine

---

(1) Éole russe.

Ce feu qui dévorait la grande Catherine;
Le czar, pontife et roi d'un peuple conquérant
Nicolas! agité par l'espoir — et le doute!
Sur la carte du monde il mesure sa route
Au compas de Pierre-le-Grand!

Il s'irrite à l'aspect de ces steppes glacées,
De ce ciel âpre et sombre ainsi que ses pensées,
Et dans la nuit passa comme un souffle de mort.
« Guerre! s'écria-t-il, guerre! ni paix, ni trêve,
« Que je n'aie accompli le formidable rêve
« Que rêva le géant du Nord!

« Je veux que des lieux saints la clé me soit remise
« Aux portes de Stamboul, — cette cité promise!
« Je veux planter ma tente à l'Orient vermeil.
« Il est temps de franchir mes froides solitudes,
« Il est temps d'ajouter à ces climats si rudes
« Des horizons pleins de soleil!

« Pour couronner mon règne et vingt-cinq ans de gloire,
« Il me faut à cette œuvre attacher ma mémoire!
« Maître des continents, maître des vastes mers,
« Surveillant de Stamboul toutes mes métropoles,
« Et de mon double sceptre atteignant les deux pôles,
« Je veux embrasser l'univers! »

— Et l'éclat de sa voix imposante et sonore
A jeté le frisson par delà le Bosphore.
Il lance avec dédain ses ordres insultants.

Aux plis de son manteau l'ambassadeur apporte
Ou l'opprobre éternel de la Sublime-Porte,
Ou l'arrêt de mort des sultans!

Il ébranle le monde, il provoque la guerre,
Dans un fleuve de sang il va noyer la terre.
Le Danube effrayé voit flotter son drapeau;
Sous ce ciel assombri de prochaines tempêtes,
Il étend ses deux mains, avides de conquêtes
Jusqu'aux voûtes du saint tombeau....

C'est l'intérêt du ciel qui l'arme, qui le pousse;
Dieu par lui donne au monde une telle secousse?....
Et, superbe, il s'attaque à ce tombeau?... Le seul,
Quand les autres verront se ranimer leur cendre,
Le seul, au grand réveil, qui n'aura pas à rendre
La poussière de son linceul (1)!

— Oh! ne rallumez pas cette guerre intestine,
Que fit votre croix grecque à notre croix latine!
Fermons ce sanctuaire aux clameurs d'ici-bas!
Ne souillons pas le seuil de la divine enceinte,
Le sépulcre du Christ est plus que l'Arche sainte,
— Mains profanes, n'y touchez pas!

---

(1) Qu'y a-t-il de plus merveilleux, même aux yeux du philosophe, que cette rencontre de l'antique et de la nouvelle Jérusalem au pied du Calvaire; la première s'affligeant à l'aspect du sépulcre de Jésus-Christ ressuscité; la seconde, se consolant auprès du seul tombeau qui n'aura rien à rendre à la fin des siècles.

CHATEAUBRIAND.

IV

La France, cette terre où toute noble idée
Germe pour l'avenir en tout temps fécondée,
Verra, Czar tout-puissant, ton astre s'éclipser.
Qu'il traverse l'espace, effrayant météore!
Ses feux n'atteindront pas les pays de l'aurore :
Un autre astre se lève et le vient effacer!

De la Bérézina rappelle le naufrage,
Ces tempêtes de neige aux souffles meurtriers,
Qui glacèrent les mains et non pas le courage
De tant d'invincibles guerriers!

Redis, pour exciter l'ardeur qui nous dévore,
Ces géants sur ton sol tombés, — mais non vaincus!
Légions de Varus que nous pleurons encore,
Vous aurez vos Germanicus!

Et la France, étouffant sa haine héréditaire,
Tend une main loyale à la vieille Angleterre.
Non! l'Occident n'est pas indifférent et sourd,
Quand l'Euxin, reflétant la torche de Sinope,
Apporte avec horreur aux échos de l'Europe
Le hourra de Saint-Pétersbourg!

V

Nos rapides vaisseaux, gardiens des Dardanelles,
Sur les eaux du Bosphore ont déployé leurs ailes...

Tonnez, *Montebello*, *Turenne*, *Mogador !*
En signe d'allégresse, en signe d'espérance,
Par vos bouches d'airain, annoncez que la France
Met le pied dans la Corne-d'Or !

Oh ! ce n'est pas en vain que de pareilles fêtes
Chauffent de leur soleil et les cœurs et les têtes...
Le semeur prévoyant prépare les sillons,
Et Dieu, longtemps devant, fait rayonner l'aurore
Du jour qu'il a marqué, du jour qui doit éclore
Pour éclairer les nations...

Ainsi l'a résolu sa sagesse profonde :
Des signes précurseurs se font entendre au monde,
Quand il va l'ébranler jusqu'en ses fondements.
En quelques sens divers que s'agitent les hommes,
Dieu les mène (1), et toujours aveugles, nous ne sommes
Que ses dociles instruments.

— Qu'un salut triomphal accompagne la flotte
Des quatre nations, dont le pavillon flotte
Et pour la paix du monde et pour sa liberté !
Que les vents de l'Euxin, qui porte notre armée,
Soufflant loin des écueils, poussent sur la Crimée
Ces croisés de l'humanité !

---

(1) Fénelon.

IV

Sur ta plage envahie, antique Chersonèse,
Vois, avec nos héros de l'Afrique française,
Anglais, Turcs, Piémontais s'élancer tour à tour,
Tandis que Menschikoff, qui d'en haut nous défie,
Sur la cime des monts s'échelonne et s'appuie
Jusque dans l'aire du vautour...

— On ne peut y monter? Regardez : on y vole!
Il ne sera pas dit que le drapeau d'Arcole
Ait passé dans nos mains afin de reculer.
Il n'est point de redoute, il n'est point de barrière
Et le soldat français va planter sa bannière
Partout où l'aigle peut voler!

— Quel choc impétueux! et qu'ils sont beaux ces braves
Au soleil africain bronzés... ce sont nos zouaves,
Premiers soldats du monde, ainsi qu'on les nomma!
Que ne sais-je vos noms, pour pouvoir les redire,
Pour échauffer mes chants, pour illustrer ma lyre,
Immortels vainqueurs de l'Alma!...

Admirez-le, ce chef, d'une bravoure antique!
Courbé par la souffrance, effrayant de pâleur,
Au visage livide, au regard électrique,
Ame d'airain, domptant l'indomptable douleur...
Il veut vaincre... la mort l'a touché de son aile,
« Attends! attends! » dit-il. — Il résiste, il chancelle...

Et de chaque côté de son coursier fumant
Un bras le soutient sur sa selle!
Son énergie est telle à ce dernier moment,
Telle est sa volonté suprême,
Que la mort, vaincue elle-même,
Recule à son commandement!

D'une main convulsive il saisit la victoire.
Par ce trépas sublime il entre dans l'histoire!
Il meurt! mais ses efforts n'ont pas été trahis...
Les fiers enfants du Nord ont mordu la poussière,
Et Saint-Arnaud, debout jusqu'à l'heure dernière,
Se sent quitte envers son pays!

VII

En avant, en avant! poursuivez votre ouvrage,
Soldats! un jour si beau demande un lendemain;
Les victoires sont sœurs. Souriant au courage,
Elles aiment venir en se donnant la main!
De nos traditions héritiers intrépides,
Suivez votre aigle, il part et vous montre en son vol
Inkermann et Sébastopol...
Encor deux étapes splendides!
De l'immortalité le champ vous est ouvert,
Chefs énergiques, dont l'histoire
Réunira les noms et confondra la gloire :
Pélissier, — Bosquet, — Canrobert!

VIII.

On ouvre la tranchée, on fait jouer la mine,
Et, la sonde à la main, pas à pas on chemine.
Les vents et les boulets mêlent leurs sifflements.
C'est la lutte sans fin, patiente, acharnée,
Capable de lasser la rage déchaînée
Des hommes et des éléments !

La nuit, c'est la surprise ou l'attaque hardie ;
C'est la bombe en éclats allumant l'incendie,
Le hourra ! réveillant le camp silencieux ;
C'est Malakoff, lançant de son ardent cratère
Tant de feux à la fois que la voûte des cieux
Semble s'écrouler sur la terre!

C'est l'ouragan qui souffle au fond de ces déserts
Qui soulève l'Euxin, bouleverse les airs...
Sous ce débordement des célestes colères
Les tentes des soldats et les lits des blessés
Roulent dans les ravins, pêle mêle entassés
Avec les arbres séculaires !

Vous remuez le sol, il en sort des fléaux...
Tout exhale la mort : l'air, la terre, les eaux !
Partout un ciel d'airain, des solitudes mornes...
Hier, c'était l'hiver de ces affreux climats
Déployant son manteau de neige et de frimas
Sur la steppe nue et sans bornes...

Aujourd'hui, le soleil dessèche les ruisseaux.
La chaleur tue,... on meurt,... l'air manque aux hôpitaux.
On dresse l'ambulance au sommet des collines,
Mais un brouillard s'étend sous la plaine d'azur;
Jusque sur les hauteurs monte le souffle impur
Échappé du fond des ravines!

Puis, ce fléau qui passe et les monts et les mers,
Qui brave les étés, qui se rit des hivers,
Nous suit et nous étreint entre ses bras livides...
Moins hideux, moins terrible était ce mal cruel
Que touchait à Jaffa, de son doigt immortel,
Bonaparte, plus grand qu'au pied des Pyramides!

On combat en héros, on succombe en martyr...
Alma, Gallipoli, Balaclava, Tractir,
Les sublimes horreurs d'un incroyable siége,
Tant d'épreuves, d'assauts, de labeurs, de combats,
Font battre tous les cœurs — et réveillent là-bas
Nos pères couchés sous la neige!

Leurs vieilles légions accourent sur ces bords...
Car Dieu juste permet aux héros d'un autre âge,
Pour saluer, enfants! votre mâle courage,
De se lever d'entre les morts!

Ils sont là, je les vois. Leurs âmes satisfaites
Reconnaissent la France aux choses que vous faites!
Si vous n'étiez leurs fils, ils en seraient jaloux!
Du fond de la Russie, à leurs voix solennelles,

Sortant de ce linceul de neiges éternelles,
Leurs drapeaux déchirés s'inclinent devant vous!

IX

Du czar, à ce moment, l'obstiné capitaine
Laisse échapper ces mots de sa bouche hautaine :
« De ces âpres sommets à ma garde commis,
« Je veux, maître, je veux, au vent de ta colère,
« Balayer ces fiers ennemis
« Ainsi que la paille légère,
« Dans la mer qui les a vomis! »

X

— Et des champs d'Inkermann, silencieuse et sombre
La nuit enveloppa le spectacle navrant,
Et les cris du blessé, la plainte du mourant
Retentirent au loin dans l'ombre....

Et la lune éclairait de son pâle regard
Les humides sentiers que suivait le brancard
Emportant ces débris de luttes homériques....
Le convoi lentement s'éloigne, et Canrobert
Les salue en passant, et, le front découvert,
Pleure des larmes héroïques....

Ils vont à l'ambulance où, mourants et blessés
Dans un dernier adieu se tiennent embrassés,
Soignés par nos Larrey, bénis des Parabère,

Entourés de nos sœurs, ces anges des combats,
Qui consolent celui qu'ils ne guérissent pas
Et qui lui rappellent sa mère!

Le soldat, dans la plaine, inquiet, éperdu,
Cherche parmi les morts le mourant confondu...
Il sonde le ravin... la sanglante poussière.
Le blessé moscovite, en le voyant venir,
Se dresse, et commençant une courte prière,
Lui demande à genoux le temps de la finir...

— Tu peux prier, mon brave! et que Dieu te rassure!
Ton pope t'a trompé.... (1) tu le reconnaîtras....
C'est un frère, un chrétien qui touche ta blessure
Et qui t'emporte dans ses bras!

— Le jour vient : le canon continue à se taire,
Et sur la citadelle, ainsi que dans nos camps,
Au souffle du matin flottent les voiles blancs
Du pavillon parlementaire....

C'est l'heure d'enlever ces montagnes de morts,
Qui de la Tchernaïa couvrent au loin les bords....
On se mêle, on échange un douloureux sourire
Avec cet ennemi qu'on frappe.... et qu'on admire!
Sous le pieux fardeau, l'on se dit : « A demain! »
Et morne on se sépare en se serrant la main.

---

(1) Les popes disaient qu'on massacrait les blessés russes.

XI.

C'était l'heure où le czar, durant ses nuits, l'œil sombre
Autour de son palais, triste, errait comme une ombre,
S'arrachant au sommeil dont il est accablé....
Colosse descendu d'un piédestal sublime,
Il regarde à ses pieds, et mesure l'abîme
Que tant de sang n'a pas comblé!

— Une fièvreuse ardeur en ses veines circule.
Son indomptable orgueil ne veut pas qu'il recule.
Sous la main qui le frappe il ira jusqu'au bout.
Inflexible, il poursuit, sans trêve, sans relâche,
Son œuvre de géant, et, s'il meurt à la tâche,
L'autocrate mourra debout!

Actif, et tout le jour sur son cheval de guerre,
Infatigable encor comme il était naguère,
Il vole! — Mais ses yeux ne lancent plus d'éclairs.
Voyez! son front n'a plus sa brillante auréole;
Son éclatante voix, sa tonnante parole,
N'ébranlent plus au loin les airs.

Il poursuit! épuisant ses forces surhumaines,
Dépeuplant ses hameaux, ses cités, ses domaines...
— A la voix de leur maître, à la voix de leur Dieu!
Se lèvent, chaque jour, de nouvelles phalanges;
Et dans un rêve affreux, des murmures étranges
Lui jettent leur funèbre adieu...

Il a tout englouti, jusqu'aux vaillants navires
Qui, du nord au midi, menaçant les empires,
De tous les océans devaient sonder les flots...
Le port hospitalier est devenu leur tombe.
Devant Sébastopol chacun d'eux... sombre — et tombe
Sous la main de ses matelots!

L'orage, feuille à feuille, a dépouillé le chêne.
— Bientôt tout l'avertit de sa chute prochaine.
L'heure vient : il attend, résigné, calme et fort.
Le coup de foudre éclate : une stupeur profonde
Envahit son palais, son empire — le monde!
« Le czar se meurt, le czar est mort! »

Ah! qui de son adieu saura le mot suprême?
Qu'a-t-il dit, en léguant le poids du diadème
A son fils, incliné sous le bras tout-puissant?
« Régnez, mon fils, béni des mains de votre père,
« Vivez pour vos sujets, vivez pour votre mère,
« — Je vous laisse un fardeau pesant (1)! »

N'a-t-il point ajouté, quand, près de comparaître
Devant celui qui juge et le serf et le maître,
Ses yeux se dessillaient au flambeau de sa foi :
« Éteignez, s'il se peut, la torche de la guerre,
« De peur de voir un jour à votre heure dernière...
« Ces flots qui passent devant moi! »

---

(1) Dernières paroles du czar.

XII

C'est aussi vers la paix que son penchant l'entraîne.
Mais fils de Nicolas, il reste dans l'arène.
Il ne peut sans combat replier son drapeau!
Il le doit à son peuple, il le doit à sa gloire,
Il le doit avant tout à la grande mémoire
Du czar qui descend au tombeau!

XIII

— A l'assaut donc! l'heure est venue.
Le signal brille dans la nue,
Nos lions se sont élancés...
Les vaisseaux tonnent dans la rade,
Et l'échelle de l'escalade
Va se dresser dans les fossés!
C'est une suite de batailles!
Renversés avec les murailles,
Les blessés roulent sur les morts,
Et sur vingt brèches enflammées
Les deux implacables armées
Vingt fois se prennent corps à corps!
L'airain mugit et le sang coule,
Malakoff chancelle... s'écroule
Sous l'élan de notre fureur.
Frappant le ciel, la terre et l'onde,
Comme un tonnerre, éclate et gronde

Le cri de *Vive l'Empereur !!!*

— Au modeste nom de ses pères
Que Pélissier puisse ajouter
Le fleuron des ducs militaires,
Et qu'il soit fier de le porter !
Mais la France toujours gardera la mémoire
De ce nom, — qu'il est beau, toutefois, de changer,
Quand on le change au nom que donne la victoire,
La victoire sur l'étranger !

— FRANCE, suspends les coups de tes foudres rapides !
Et maintenant, tonnez, échos des Invalides !
Annoncez ce grand jour au monde qu'il sauva.
Aux acclamations des peuples de la terre,
Nous avons déchiré des fils de la Néva
Le testament héréditaire !

C'est le souffle d'un Dieu, c'est son esprit vivant,
Qui nous poussent vers toi, mystérieux Levant!
Le nom des Francs encor retentit dans Solime.
Nos pères ont du Christ délivré le tombeau,
Et nous, à la clarté de son divin flambeau,
Délivrons tous ceux qu'on opprime!

Du Caucase au Sina, du Carmel au Liban,
Les chrétiens attendaient ce merveilleux élan.
Qu'ils ne soient point trompés! — Comme dans l'ancien monde,
Rome de son seul nom couvrait tout citoyen,

Qu'il suffise bientôt, insulté, qu'on réponde :
« Je suis chrétien, je suis chrétien! »

— Noble France, poursuis et poursuis d'âge en âge!
Des grandeurs de ton nom, des splendeurs de ta foi,
Tu lègues à tes fils l'immortel héritage,
Et les œuvres de Dieu s'accomplissent par toi....
Répands, répands au loin tes gerbes de lumière,
Pour diriger les pas des générations,
Tu marches à ton rang, en marchant la première
Entre les grandes nations!

Prodigue ton génie et ton sang et tes veilles
A ce vieil Orient, la terre des merveilles!
Écarte le linceul des siècles sommeillants.
Les peuples transformés marcheront sur tes traces,
Et tu verras alors se confondre les races
Comme les flots des océans...

Ordonne, fais couper cet isthme qui sépare
L'Occident éclairé de l'Orient barbare!
De l'antique Gessen retrouve le sillon,
Pousse la barbarie en ses derniers repaires,
Qu'elle-même abattant ses remparts séculaires,
Elle amène son pavillon!

— Et maintenant, à toi de tresser la couronne
Pour tes braves enfants qui rentrent parmi nous...
Soldats! dans tous les cœurs votre gloire rayonne,
La France et l'Empereur vont au-devant de vous!

— Une immense clameur les salue au passage
Ces glorieux débris sauvés de mille morts.
On voit des pleurs couler sur leur mâle visage,
Leur aspect tout meurtri soulève des transports.
— Ils auront, eux aussi, leur arc impérissable!
D'autres, pour en jeter l'éternel fondement,
Donneront le granit : je n'ai qu'un grain de sable,
Et je l'apporte au monument!

PARIS. — TYPOGRAPHIE DE FIRMIN DIDOT FRÈRES, FILS ET Cᴵᴱ,
IMPRIMEURS DE L'INSTITUT IMPÉRIAL, RUE JACOB, 56.

www.ingramcontent.com/pod-product-compliance
Ingram Content Group UK Ltd.
Pitfield, Milton Keynes, MK11 3LW, UK
UKHW021035220726
13924UKWH00001B/328

9 782019 199647